JN310616

歌集
老化順調

西澤みつぎ

香蘭叢書第242篇

短歌研究社

目次

老化順調

I（平成五年——平成十四年）

Ⅱ　（平成十五年――平成二十五年）

老化順調

Ⅰ

（平成五年――平成十四年）

今われに

快き束縛として今われに別居の子らと短歌《うた》い
ささかと
応ずればやや面白き日もあらむなど思へども
返事は書かず

いつ見ても少し傾ぎて見ゆるビルわがストレスの一端を負ふ

これの世に着残しゆきし衣《い》のたぐひ三とせを越えてまだ手をつけず

テレビには売らぬ自負持つ役者らの舞台を観むと今宵昂る

難解をわが確かなる手応へに小劇場を出でて歩めり

皓々と夏の一夜を咲き足りて大輪は萎ゆ肉感的に

信州松本の先

一年分それぞれ老けて集ひたり軽からぬうた
一首を提げて

楽々と車に来たり牛方《うしかた》の苦を哀れむはうしろ
めたしも

当然のことのごとくに古き世の牛馬並みなる
宿のしつらへ

たんたんと牛方宿を説く老いはその身にあり
しごとき風貌

牛馬との段差をつけし水舟に人たる誇りから
がらに見ゆ

古き世の貧しきものを一興に見る薄ぎぬの風
に寒しも

丈ひくく生ひたる木々に山頂の風のかたちの
明瞭に見ゆ

物見遊山の人らのものを造らんと土砂を重た
くトラック通ふ

横断にきたりてここの渚べに列島の幅思ふ親しく

水平線ひき寄せ垂るる空くらし南限として咲くはまなすや

裏海の冥《くら》さを畳むまなぞこを梅雨のはしりが斜めに速し

表がはの海ばかり知る生ひたちの何ほどなり
や身の形成に

黄泉路のごとく

日常となしてはすでに匂はぬと湯の湧く里に
姉は老いゆく

老い深き歩に合はせつつ冬凪の古道を辿る帰省の稀を

事あらば「藪の中」なる成りゆきぞ音一つなき熊野の古道

亭々の林分けつつわが前を黄泉路《よみぢ》のごとく古道はつづく

杉林きれて明るむ冬凪に世の良心のごとき一つ家

独りぐらし

がらあきの昼の私鉄にいよいよの軽量となりわれは揺らるる

独りぐらしに馴れて老いつつおひおひとものは
言はぬもの好きになりゆく

厭世的にゐたる折しもかかりきて電話は言へ
り墓地を買はずや

無沙汰して過ぎし月日に君は子をわれはつれ
あひ失ひてゐき

病みやすくなりつつ保つこの距離のスープ冷めずと言ふには遠し

明治期の端をひと生《よ》のいとぐちに持ちていまだに矍鑠と詠む

飯田氏が飯田線にて伊那谷のいで湯にゆくと会を中座す

ヘビースモーカーの大漢きみが飛行機を怖ぢるはいたく愛嬌のあり

ちろちろと

端た女に紛らひをれどこの宿の女将と知れば
その器量もつ

更けくれば妻籠の宿はちろちろと枕に近くゆく水の音

ちろちろと流るる水を余すなく活かして古きここ宿場まち

道幅に見合ひて水のいざなはれ音つつましく秋日を流る

木々の間に見え隠れつつゆく水はわれの俯瞰
に羞ぢらふごとし

これやこの広き地上の中心とばかりあかあか
消え残る野火

野火守《も》りてくろく動ける人影もこの旅に遇ふ
一人と思ふ

賑はしく

はらからもふるさともなき身の上をいま賑はしく児ふたりの父
あと追ひて泣きゐしこゑに身の内をいつぱいにして電車に瞑る

三歳になりしばかりの感性に止めておとなの
気配うかがふ

ことごとにおのづから差をつけられて二番目
の児はけふ初節句

あどけなくねだり寄る児にいそいそと身の羽
根抜きて紡がんとする

ひとりつ子たりにし彼にまつはりて女ばかり
の係累となる

冬晴れ

冬涸れの河を列車に渡りつつ墓参のあとの予
定を持たず

冬晴れの下に越えたりにつぽんを胴切りにする大河いくつを

天竜川富士川木曽川大井川いくど越えても順が紛るる

ふるさとを捨てしもさみしふるさとを出でずもさみし老いては共に

あかときを地震《なゐ》過りゆく不穏にはかかはりもなく翔ぶもののこゑ

七つの子育てあげたるカラスらは街に出できて所行よからず

わたし流儀

はるばると古きゆかりをたづねきぬわたし流
儀の夫の供養に

薄れゐし記憶が徐々によみがへる佇《た》ちて見通
すここの家並に

この壁に「情婦マノン」のビラ貼られ戦後の
鄙をときめかせたる

単純は明快にしてチューリップ森羅万象の苑に紛れず

もう古稀と賀状にあれど顕ちくるは戦後の若き数学教師

ふり向けば最も近きわが過去にぬめぬめとして茅花が光る

敦子よ

ゆたかなる才を持ちつつ帳尻の甚だ合はぬ生なりしかな

結ふといふたやすき所作を最もの不可能として在りき隻手に

小康を得し折しもの宴には酌みゐたりしと聞
くはま悲し

ふと横を向くとき見せし耳たぼの薄かりしを
も思ひ合はせて

手術後にありししばしの小康に凝縮の日を持
ちたるならむ

黄泉の世を汝《な》が嫋々のペンに載せうた送り来よ月々の誌に

推移

共通項として夕方の降雨率持ちて人らは黙々と乗る

性別も人権もなく運ばるる積載量を言はぬ電
車に

赤羽の駅に降りたる黒人が至極日常的に帰り
を急ぐ

夕刊を取りに出でたる宵闇はもくせいがはや
嗅官に咲く

金髪に染めてこころに何を飼ふ母なしといふ
見習大工

面ざしの持つ翳ろひを諾ひてそれよりのちは
感傷で対く

墨染の袖ひるがへし僧いそぐまだまだ死ねぬ
人らを縫ひて

やがてまた死は抽象となりゆきていくばくの
日の過ぎゆくならむ

クラス会

おほかたを過去となしたる年齢が毀誉褒貶を
超えて集へる

美人たりし面かげあれどひつそりと老けて他
郷の人となりたる

旧姓に呼ばれ二日ををりしかば他人のごとく
ニシザワを聞く

冒険を試みざりし遠き日の結論として平凡に
老ゆ

風評は一つならねどわれはわが得し感触を抱きてゆくべし

薄倖の汝《な》が消息のピリオドと安堵まじへて今日の訃を聞く

赤き傘

一身にこの旱魃を負ふごとく庭の一木《いちぼく》枯れはじめたり

のちの世にもてはやさるる虚しさをゴッホは見据う自画像の目で

まなざしを緊めし瞬時に老優は素顔はらひて役に入りゆく

大地震《なゐ》に瓦一枚傷めぬと言ふをし見れば耳たぶ太し

赤き傘の下にもの言ふ幼な児へ身をかがめつつ雨の戻り路

これの野の花を仏に摘まんとて祖父知らぬ児を連れてかがまる

新聞の紙面次第にカラー化す知性の麻痺を企むごとく

日射しよきフェンスに絡む昼顔の身の程知らぬ大輪に咲く

深草に沈む古家に帰りくるわが少将に迎へ火を焚く

鳩

ふるさとの祭花火を聞かさむと受話器の奥の
しばらく噤む

捻挫の足断りて経読むとする僧はしたしく世
俗をまとふ

舞ひ下りし土に姿をととのへて鳩歩き出す胸
から先に

往きがけの三分は帰り五分咲きとなりて埼京
沿線のはな

旧字体やうやく忘れ去られつつ閣僚も知事も
われより若し

蜩

蜩の鳴き終へてなほ語尾を曳く片付けられぬ
思ひ残して

けんくわして幼き姉妹泣きさわぐ汝《なれ》らの父に
無き悔しさぞ

この朝を供花にたつぷり切る菊は汝《な》が晩年の
手に植ゑしもの

寄り合ひてこの時ばかり近隣の思ひ一つに昼
火事を見る

訃の欄の一人が五十二歳なりその周辺の狼狽
が見ゆ

象さんをドウさんと呼ぶ妹にジョウさんよと
てしたりげの姉

されど

斎場に掲げられたる友の名のなまなましとして
場にはふさはず

念珠などまさぐらるるは心外と得意のギャグ
を聞かせ給へよ

人の死を商ひとする口髭がいきいきとして葬
儀を捌く

なきがらに会ひたり骨も拾ひたりされど死者
たる実感はなし

島に廃るる

騒擾をここに逃れて晩年を在りし火宅のひとを思ひぬ

ことさらに門をも塀もしつらへず磊落に在りし日の偲ばるる

隠棲のひとの著名を島びとは知るや知らずや
「さん」付けに呼ぶ

洗剤の容器なんぞも転がりて荒寥の感ひとし
ほ深し

海荒れて船を出せぬと万葉の世の人嘆く木か
げの歌碑に

梅雨晴れに白く乾ける島の道ゆきもかへりも
拾ふ蔭なし

見逃してきし句碑ひとつ幻の岬に立てて風を
聞かすも

鷗外旧居

街騒を寄らせぬ二百坪がほどせいせいとして
鷗外旧居

開け放つ鷗外旧居の無防備は框《かまち》に長くわれを
憩はす

梅雨照りを断ちて旧居のうす暗し修辞少なき
文豪の遺書

鷗外が馬で通ひし道のりをものは試しと歩いてみたり

花ごろも脱ぐに久女のためらはむこの街なかの碑に立たされて

うたかたに

鬼たちの笑ふ間もなきうたかたに過ぎてまた焚く夫の迎へ火

訪《と》ひくるでも帰りくるでもなく来ては子ら盂蘭盆の宵を賑はす

根《こん》かぎり鳴きゐしこゑのはたと止む思考の時を蟬も持つべし

帰りきてたんぽぽ組のいちにちを語る五歳の
起承転結

夏過ぎて

四角の部屋をまるく掃除機すべらせて粗雑に
われは老いに入りゆく

告知されし癌伝へくる郷里《くに》なまり悲壮はむしろわれが伴ふ

はるかなる人格ときみはなりゆきて告知されたる命数を生く

三人に一人と聞けば幸運の二人の中に入るは思はず

六十代の死を薄命と言ふほどに駘蕩として女ら長寿

帰郷

童たりし日の目に見たるふるさとのこの道のりよこの川幅よ

中上健次育ちし路地は均らされて市の一角に
変哲もなし

人生の終局近きいくたりに会ひて帰郷の七日
は過ぎぬ

よろこばしき帰省は今後なからむと老いし故
郷をあとにせりけり

おほかたを捨ててかかはりゆくほどのものか
と短歌《うた》をときどき思ふ

なりたくて雪になれない今朝の雨わたしの詠《うた》
ふなにかのやうな

再検の結果を待てる旬日を読まず詠はずろく
に炊がず

周作を逝かせ周平逝かせてはこの世の風ががうがうと哭く

なんとも派手に

咳が出る鼻水が出る嚔出るなんとも派手に風邪をひきたり

もめごとになるほど財も子も持たず抒情的なる遺書書き置かむ

接骨木《にはとこ》の髄の触感かへりきてわが春愁の靄ひはじむる

絡まるる覚悟は出来てゐしものを竹の支柱の所在なく立つ

徘徊の老いは事なく保護せしと発展のなきまちの放送

炎天を曳く影もなき蟻の列タクラマカンははるかに遠し

わだち残して

照れば夏翳れば冬のこの五月惑ひを詰める旅のバッグに

土砂降りを衝きてハンドル持つ背《せな》のうたの席には見せざる果敢

一望の大地の上の夕空に虹かかりたり完璧な弧に

女満別愛別春別牛朱別わだち残して過りきにけり

さいはての人らいとしも土橋《どばし》さへ佳き名に呼びて重宝とせる

留辺蘂も弟子屈もわが胸ぞこの地図にしつかと位置定まりぬ

北ぐにの貴重な夏の数日をうたのえにしに戴きあそぶ

ビート畑に放ちきし目を凝らしつつ光苔見る大地の隅に

他郷他郷と

へたくそなうたにされたくない合歓がわが目
に遠く咲きけむるなり

土の手を洗ふ蛇口をほとばしる水も哭くなり
他郷他郷と

万障を繰りてまで会ふ気にならず庭の落葉を
着ぶくれて掃く

雪道にみごと転びて怪我負はず新春《はる》一番のわ
たしの自慢

全長をわが目の幅に嵌めこみて超特急が走り
ぬけたり

喪にこもりゐしかの冬の雪の嵩かの冬のわが
かなしみの嵩

いつもゐる

死ぬことに己《おの》が人生浪費せず伊丹十三自死に
果てたり

青春の日の胸ぞこに刷りこみし一首のあれど
啄木ならず

こゑだけが聞こえてゐしが間もあらずことば
聞こえて通り過ぎたり

飼犬は人格化して呼ばれをり温暖化すすむ地
球の隅に

喧噪の駅の一隅にいつもゐて女浮浪者孤独を
極む

これ以下に落ちやうのなき生きざまを路傍に
さらす女浮浪者

そばに置く全身《しん》上《しやう》の布ぶくろ浮浪ながらの赤
き花柄

いつもゐる女浮浪者なにやらを書くときあり
てわが気をそそる

蒟蒻

蒟蒻といふしよくもつはしよくぶつのときは
恰も大樹の風《ふう》す

ツチヤクンクウフクと歌聖に鳴きし鳩才なき
われに呆《ほ》う呆うと鳴く

梅雨なかの猛暑煽りて火のくにの人の歌集の
『火時計』とどく

老主婦を活性化せむ企みぞむづかしくなるご
みの出し方

黙つて死んだ金魚埋めたるあの土に春にはきつと金魚草咲く

十年になんなんとする寡婦ぐらし木蓮だけがかへり咲きして

危機感の持つ艶《えん》もなく連れ立ちて日ぐれとなれば散歩の夫婦

青柿

父知らず父にもならず人ありて八十歳の酒量は減らず

ラッシュ時をけふは席得て都心まで三十分のわれはエリート

西新宿の角の紀州屋ぽろぽろと望郷に泣くいつ過りても

抱き合ひて車内の人目憚らず抽象的に恋ふべし人は

土打ちて落ちる青柿　人らには夭折といふかなしみがある

励ましのこゑの空疎を怖れつつ病む人ときく
遠きひぐらし

島にかさねて

島々を橋につなぎしこの国にかつて遠流《をんる》とい
ふ科《とが》ありき

地つづきになりてもいまだ疑はず都府あるかたを本土と呼ばふ

運行をほそぼそ保つ渡しぶね旅のいとまを喜ばせけり

往きは彼復《かへ》りはわれが船賃を払ひて大《たい》枚《まい》の貸し借りはなし

跨がれて橋の下なる屈辱も耐へて静かな島ぐらしあり

島出でぬ農のひと生《よ》を「香蘭」に拠りて水軍の裔らうた詠む

島のかげ島にかさねて瀬戸の日は島の向かうに沈みてゆけり

海の面に落ちて砕けし昨夜《よべ》の月よみがへりきてわが窓の上

藪椿

覚悟してゐし筈なれど唐突に兄逝きたりとふるさとのこゑ

はるばると行かねばならぬ喪の手筈このかなしみを措きて先だつ

駆けつけて対ふ遺影は一生を集約したる兄の表情

償ひのごとき葬儀の大仰に遺影の口のしだいに歪む

父に母に経をくれたる菩提寺の僧も病むなり
過疎のふるさと

里山にむかしのままの藪椿いとこも疾うに世
をへだつ人

春

ひと見舞ふ約束さへや華やぎてさくら綻ぶ夜
ごろの電話

畑土にぬつと首出す大根はおおぬくといとた
しかに言へり

都知事選と同じ次元で報ぜらる千鳥ヶ淵のは
なの満開

おぢいちやんおぢいちやんと呼ばれゐてやがてモシモシと先生が出る

やうやくに老いを隠せぬ二枚目をさみしがらせて映画は終はる

花の下

日を忌みて葬の延びたるいちにちを柩の顔に
いくたびも泣く

ひしひしと花咲きみてりこの屋根の下のひと
りは幽界のひと

幽明を分かたぬ一夜持ちたらむ灶きつ灶かれ
つその子と母は

骨灰《こつばい》となりたる姉は骨肉の情をもはじくしら
じらとして

多かりし苦の一生を閉ぢるには法外ならんこ
の花の下

生きつげる人らは人の死に狎れてこのたくま
しき飲食《おんじき》の量

雨やどり

騒がせも困らせもせず逝きにけり十日ののち
に訃をもたらして

妻も子も捨てて生きたるへうへうを無頼と言
ふかロマンと言ふか

根《こん》底《てい》はさみしき人にありたらん破顔の彼の記憶は持たず

旅好きが果てに選びし旅先は帰り路のなき西方浄土

駆けよりて陽明門の軒下にげに豪勢な雨やどりせり

この夏の聞きぞめにして聞きじまひひぐらし
の門にひぐらしを聞く

世紀末

彼岸にはかならずや咲く花のありわたしは嘘
を吐《つ》きつづけきて

臨界と言へる熟語が隠しゐし語意をさらして
いま世紀末

たまゆらの世に生きて遇ふ世紀末見えてる恐
怖見えない恐怖

あさがほはひるがほほどの輪《りん》となりもはや沽
券を言うてもをれぬ

丹念に化粧ひをりしがそれほどの美人にもならず降りてゆきたり

その時はその時といふ心境も畢竟体力の問題である

世紀越ゆ

二〇〇〇年みんなで越えれば怖くないそんな
気でゐるこの大晦日
かしましき人間どもを嗤ひつつコンピュー
ターはいま越年す

コンピューターに左右されない日が昇り
二〇〇一年雲ひとつなし

どれほどのかかはりとして見られけむ喪中欠
礼の葉書いただく

サンタさんが来ると信じる三年生算数きらひ
国語もきらひ

夜の底の遠くに起ちし凩が闇を漕ぎつつ近づきてくる

嘘のやうだと

まゆちゃんの卒園式はいささかの疑義も持たれず日の丸あがる

一年のなかのひと日の孝行をカーネーション
は一手に担ふ

うつさうの枝葉支へて幹立てりわが腰痛は痼
疾とならむ

思想にはかかはりもなくわれの押す判子はい
つも右に傾く

昼がほは朝より咲けり花なればエリア主張の
悶着もなく

向日葵はいよよ項垂れゆかんとも勝ちすすみ
ゆく郷土の球児《こ》らは

まゆちゃんは観察日記書くためにあさがほの
鉢持参の帰省

忽然と消えし暑さを誰かれが嘘のやうだとい
ふ譬喩で言ふ

瓶の蓋

夕庭に酔はぬ芙蓉の残りばな酔はねば言へぬ
こともあらうに

いちめんに彼岸花咲く　点鬼簿の余白はすで
に埋めつくされん

客の足避けつつ床を掃くひとよ弱者は弱者を
理解しやすし

ただ佇《た》てるわれよりよほど有能にをとめ車内
で朝の化粧す

ねぢれどもひねれども瓶の蓋あかずこんな時
だけの男をらぬか
訥々と語るあひまに折りてゐし鶴は連れずに
帰りゆきたり

自然はひそと

朝の目をおどろかせたる雪の嵩自然はひそと
事を成すなり

ゆるき地震《なゐ》めまひのごとく過ぎゆけりもくれ
んは地に背きて咲《わら》ふ

歳月に慕情は漉されゆきたらん死を知らせた
る受話器に泣かず

口もとのかすかに笑まふ遺影にて死したるの
ちも先生美男

木々の間に見えて光れるせせらぎの末は大河
の坂東太郎

思《おもひ》、鬼怒《きぬ》、神流《かんな》、烏《からす》へおほらけく流れを頒けて大河痩せゆく

去年《こぞ》の葉をはらへば柔き幼な葉を載せて蘇鉄は痩身に立つ

今《こん》内閣最高齢の大臣が国会ちゅうに頻り耳搔く

息子より若き大臣出現すもう死んでいい齢《とし》なりわれは

真実はまた

うぶすなを出でぬ九十二年間葬儀の規模に頷かせたり

望郷と言へるかなしみ知らざるをあるときは
負のごとく歎きぬ
憶測にもの言はせつつひと逝きて真実はまた
墓の下なる

子規庵

重さうに脳《なづき》いささか傾げたる子規に馴染みし
このプロフィール

両眼のあひだいささかはなれゐて真面《まとも》の子規
の顔のおだしさ

愛用の備品随処に子規居士の無邪気が見えて
さらに慕はし

漱石も虚子も節《たかし》も集ひたるここ八畳は舌戦の
あと

痰一斗とどこほりなく流すべしみづみづ垂る
る糸瓜のいくつ

朽ちたれば坐るなとあり重々と糸瓜のさがる
下の濡れ縁

子規庵の晩夏の庭に十四、五本あるべきはず
の鶏頭はなし

挿話

よもつひらさかならぬ谷中《やなか》の団子坂越えきて
死者の聚落に遇ふ

はからずも広津和郎《かずを》の墓に遇ひ知識を一つ得たる思ひす

口割らぬいちにんがゐて事実とはかなり違った挿話となりぬ

ビンラディン、ジャララバードにタリバンと弾む語感はテロにかかはる

電飾をからませ木々を眠らさぬ宗教音痴の国の年の瀬

荷に馴れし手に2グラムの葉書持ち夕べゆらゆら投函にゆく

冬草のあをあをとあり流氷を見にゆくチャンスまた失へり

冠雪の富士を車窓に伴ひて埼京線はけふご満悦

阿修羅少年

窓近き夜空に黄金《きん》の鴟尾が浮くまれまれに来て古都に宿れば

昨夜《よべ》の雨に七堂伽藍しめりゐて晩秋の古都さらにかぐはし

潦《にはたづみ》さけつつ塔を横に見て会はむと急ぐ阿修羅の像に

すがやかに眉根をひそめいく世々の何をや詰る阿修羅の像は

初恋のひとに似るとて阿修羅像のファンたりにし人ありにけり

独身貴族けふめづらしく在宅で主婦のこゑして電話に出たり

美しきために焚かれぬ絵らふそく蠟燭として言ひ分あらむ

佐倉のさくら

文学趣向うとみしひとは目前の花をも避けて
逝きにけらしや

火葬炉のずらりと並ぶ扉にはこの期《ご》に及び4《よん》
の号なし

偉丈夫は嵩わづかなる無機質となりて人らの
泪を拒む

さよならは妻だけでいいと詠みし夫詠ましめ
し妻　佐倉のさくら

蘭学通りといふ町筋がありましたきみ終焉の
安房《あは》の佐倉に

忙中の閑

狂恋の亀屋忠兵衛をあやつれる吉田玉男のポーカーフェース

梅川をよよ泣かすとき使ひ手の蓑助の頬かすかに歪む

近々の席得て観るに国宝とされたる人も人にほかなし

花冷えの雨のひと日を忙中の閑とやなして歌舞伎座にゐる

口上の甘え口調は客席にかすみのやうな笑ひを起たす

息呑みしほどのかつての美しさややしづまりし玉三郎や

どうしてくれる

どの庭もつつじを咲かせニュースにはならぬ
地方のけふ市長選

庭に来る野良猫《のら》を手懐《なづ》け滞在の子ら無責任に
帰りゆきたり

餌の世話はまあよしとして募りゆくこの情愛
をどうしてくれる

野良猫と言へど甚だ思索的に瞑目をするをり
をりのあり

知的少数者に供せんといふ歌集『香貫』例外として読ませて貰ふ

今際《いまは》なる脳裡に来しは何ならむ聞くすべもなし問ふすべもなし

いつくしまれし孫のゆきちゃん両手もて頬の涙を豪胆に拭く

アンチサッカー

評判につられどれどれ目に追ふはベッカムと
いふゲルマン美形

金髪やモヒカン刈りを指揮するにトルシエさ
んのスーツ、ネクタイ

ミーハーに徹してわれは観戦すベッカムへ
アー、ロナウドヘアー

球それて選手の動き止まるとき観てゐるわれ
がどつと疲れる

喚声に塗りつぶされし一ヶ月過ぎてテレビは
寡黙になりぬ

窮極の

生垣の向かうの長き立ち話安国院の耳の大きさ

剪定をせざりし柘榴よく咲きぬ咲きし割には実を結ばざる

ゆきずりに見たる舗道の事故現場行間《ぎやうかん》のなきことばとび交ふ

金星を釣りそこねたる三日月が行く手の低き空に嘯く

侍みゐし色に実生は咲かざりき　わが遺伝子は勉強ぎらひ

あの人がこの世の土に植ゑゆきし風知草いま
風を抱き込む

前をゆくQ氏がついとふりかへり飲む手真似
して左へ曲る

あの世でも毀誉褒貶を見むものか鯛も鰯も目
をあけて死ぬ

昂りて語る不満をじつくりと意訳して聞く秋
灯の下

恙なく昨日《きぞ》在りてけふ逝きしとぞおお窮極の
スタンドプレー

わたくしに黙つて死んでいつたのか　卯の花
の白、浜菊の白

Ⅱ

（平成十五年――平成二十五年）

赤き靴

鍵盤に対きし幼の赤き靴フォルティッシモで
しかと宙踏む

秋ふかき日の小閑を埋めくるる中勘助の旧字
旧かな

しろじろと街をしづめて降る雪に花舗はまる
ごと大き花束

一茎《いっけい》に一花《いっくわ》を載せて充分の重量感に牡丹花は
あり

日に透けて花の翳あり髪截りし少女のこころ
思ひみるべし

日露戦勃発よりけふ百年目　金星ぐつと西寄りに出づ

ふるさと

幹線にとり残されし半島のかたちなぞりて列車は走る

これの世に置きゆきし苦を享けつぎて姪はいよいよその母に似る

久々にきて会ひたればすでに死を受け入れてゐる静かなる貌

生《な》さざりしあなたに最も近き血ぞ遠々と来て手をとるわれは

今生の別れ覚悟のわが前に泣きも笑ひもせぬ
姉がゐる

無沙汰せし長さそのまま友情の距離となりゐ
て会話弾まず

梢高くけむりて桐は咲き昇るふるさとはもう
思はずわれは

千鳥ヶ淵

内濠を千鳥ヶ淵と呼び馴らし敵ならぬ者を花はいざなふ

満開の枝は重おも咲き垂れて濠のさくらのみな水に向く

咲き垂れて水面を擦《こす》る梢さきに散るには早き
はなびらの浮く

気がつけば連れとはぐれて周章てしが逢へず
じまひの帰路となりたり

一介のイデオロギーは問はれまじ花くぐりき
て靖国詣で

大会余滴

はるばると来て限られし六十分　全神経をかけて見巡る

エントランスの肖像もまた狐狸庵の先生なれば真面《まとも》を向かず

『沈黙』を重々抱く文学館　眼下の海も饒舌
ならず

夏山の覆ひかぶさる暗がりに諦めて住む一つ
家が見ゆ

加害者になるを怖れぬ自転車が肩すれすれに
追ひ越しゆけり

溜飲の下がるがごとき土砂降りのきて食欲のやや出でにけり

駅前の欅に秋の日は暮れて雀のこゑのかたまりとなる

長姉も逝けり

静岡の雨は名古屋であがりゐて昇る煙がかろがろと見ゆ

まちまちの角度に休むクレーンに意欲湧かせて雨あがりたり

鏡面のビルが名古屋の駅前の一切合切呑み込みて立つ

肯定におほかた傾れゆくなかの否定はなはだ正義に聞こゆ

突然の訃報入りきてこの月のわがスケジュールぎしぎし歪む

ふるさとを辛くもわれにつなぎゐし長姉も逝けり　凩が鳴る

一合の米炊かさるる炊飯器めんどくささうな
音たてはじむ

曼荼羅のどこかにきつとあの猫は仏がほして
坐りゐるべし

合併

村ひとつ泣かせて成りし貯水池に時うつろひて春日うらうら

風立つやたちまちにしてサーファー増ゆ遊ぶことには熱心である

大き市に併合されて城下なるわがまちは区の
一つにされつ

合併で政令指定都市となり都市計画税がばつ
と上がる

地球上の国もやがては合併とゆかぬだらう
か　さくら満開

からすむぎ群れて熟るればこの空地一丁前の
麦秋となる

夜のトイレ怖い少女がパパの読む週刊誌けつ
こう読んでをります

この夏

夜の床へ風さわぐなり熟睡をするには壮《わか》き体
力が要る

吊革の下に口あけ眠りをりどう見ても手配の
男にあらず

明星に今宵の月は背を向ける裏切りといふは
艶《えん》なる話

普通なる子がまた親を殺傷す普通なる子がわ
が家にもゐる

あの日から六十回目の夏となる『雲の墓標』
を読みてまた哭く

この夏のわが誕生日仏滅の土曜で猛暑食欲は
なし

かなかながどう鳴かうとも戻せない無念の過
去を持つ奴がゐる
洗ひたて拭きたて磨きたてられて置きたるご
とき仲秋の月

万一

万一は万一ならぬ破目となり精検結果は癌を疑ふ

をりをりに医師のことばを反芻す　霜月の夜の何とも長し

気の紛れさうな一冊携へて精検結果聞かんと
向かふ

このちのこの身を左右する答かくしてドア
はいと素つ気なし

象柄のネクタイをせる男きて向かひの席にど
すんと坐る

今年のさくら

ここ総社　総社に住める道昭と今年のさくら
並びて仰ぐ

衒はぬはもともとなれどなほ邪気の抜けて童
子のやうな道昭

水本さんが歌人の顔を捨てて呼ぶおとうさん
とはその夫のこと

東京の花は見逃し西国の島のさくらに包まれ
て寝る

尾道のタクシーはみな愛嬌があつて一期に一
会は惜しい

ゴールドと呼ぶウィークも休まずに走るトラックの事故は責めまい

花さかる桐の大樹を見上げればああ五月だと身を揺するこゑ

一文字の抽象名詞をいさぎよき書名となして作家壮年

風知草

マチュピチュを訪ひ得ず終はる人生がけふも
くれんに見るかへりばな

人間に近づきすぎたカラスらにもう謡ひやる
ことばは持たず

泣き伏せるごとくなだるる風知草　宮本百合子また読まむかな

三十度超ゆる熱暑に延びたらん駅までの道やけに遠かる

このところ行動範囲ひろげつつ愛玩期われに過ぎゆく少女

山中湖畔

しきり鳴く夏うぐひすに気をとられ径の小石につまづきにけり

丈ひくく咲きて湖畔の径のべのほたるぶくろは勿体ぶらず

踏む足を知らぬがごとく苔そろふ径ありてつづく文学館へ

蘆花贔屓たりし少女の老い足りて蘇峰の館を面白く観る

はなやかに自死の作家の文学館ひつそりとあり湖畔の森に

無口でもさりとて多弁でもあらぬよき連れを
得て湖畔を旅す

富士が嶺の麓に住みて営みて業余にうたを詠
む友のあり

まれまれのわが一泊に夏富士はさうやすやす
と姿を見せず

富士山は美人が来ると隠れるを富士吉田市は
コマーシャルとす
富士山はたうとう姿見せざりきひよつとして
わたし美人かしらん

一冊

にっぽんの四季の乱れをととのへて彼岸到れば彼岸花咲く

咲かす日の短さよりも咲かぬ日の長さを言ひてばつさりと剪る

ちちははといふ係累のありしこと歴史の上の話のごとし

さしさはりなき受け答へばかりするきみ本当はタカ派のはずだ

独り身の老女は家事の怠慢を以て体力温存となす

読み終へしこの一冊にわが脳の贅肉およそ削がれたりけり

一気呵成に読了したる一冊を一気呵成に忘るべからず

右手《めて》にては右手は描けぬとコメントの己《おの》が左手《ゆんで》のスケッチありぬ

席ゆづりくれさうもなき美青年だんだんぶをとこになつてゆくなり

木の下の小草ひとむらそよがせて死者の一人
が通りゆきたり

湖のまち

水辺に遠く住む身が稀に来て湖《うみ》抱くまちに抱
かれて眠る

薄倖のうちに逝きしがほのかなる紅刷くごとき噂残しぬ

秋浅き雲州松江桐岳寺敦子の眠る土を忘れず

そのかみの防備の濠に時流れいま遊覧の舟を辷らす

意外なる特技いきいき見せくれて雲州松江は
きみらの地元

見学の博物館の立派さを翳らせ近き島根原発

今のところは

初詣でなさず昼寝をしたりしが今のところは
バチも当たらず

このドラマ観てゐるときは共有のあなたとわ
たしの四十五分

剪定の刃をのがれたるひと枝が嬉々と今年の
蕾太らす

先入観のとりことなりて他愛なき矛盾をとんと見落としにけり

さくら橋往きに渡りてさくら見て言問橋は帰りに渡る

八十路をも若死にとして惜しまるるいくたりありき春のテレビに

ぼつてりと八重椿咲くさしあたりわたしは鬱
の略字が欲しい
公園にひそともの読むホームレス文化国家は
たけなはの春

むかしむかし

むかしむかしわれのゐなかは音だけの花火で
町を昂奮させた
打ち揚げて花を咲かせぬ爆音を花火と呼びて
疑はざりき

写されし頸骨いたく褒めらるる　われの履歴に賞罰生ず

億といふ金を動かす業界に銭《せん》の単位もしかと働く

『三四郎』のフルネームは小川三四郎われの主治医は小川善四郎

可愛がるとは苛めることと知つてゐる両国駅で会ひしお角力

老化順調

秋の午後十六歳の感性を隣席にフジコ・ヘミングを聴く

長き名のなかの三文字の日本名《にほんな》に恋慕するか
のフジコファッション

狂恋のお七思はす振袖をフジコ流儀に着て弾
じたり

妹をいとしむ少女ふと遠し姉となれずに世を
生きてきて

二センチは縮みし背丈をりをりのど忘れその他《た》老化順調

老女われ世に大切な壮年に席ゆづらせて都心へ向かふ

いつにても都合つく身の身の軽さ即ち故郷捨てしさみしさ

戦後は長し

菜の花も向日葵も蓋し量で見る国となりたり　戦後は長し

否定語の多き結句を指摘さる　ばらにはばらの花しか咲かぬ

評判の寺山修司の遺歌集はページ一首の自己
主張なり

キャリーバッグを近き後ろに従へて家来を持
たぬ男らがゆく

バスを待つ十分ほどにわれは倦むシーラカン
スの倦む幾世紀

韃靼の海峡こえるてふてふは詩人ばかりの幻想ならず

それからの顚末を身に曳きずりてけふ『それから』を読み了へにけり

夏の蝶

かはせみを撮るとひたすら追ふがゐて副産物のやうに歌成す

美しききみが一首に詠みくれてわたしの愚痴が昇華しにけり

ぜんまいにその舌似ると吟じたる文豪ありき
舞ふ夏の蝶

風鈴が吐息のごとく一つ鳴り八月ま昼暑気は
うごかず

夏水仙とつじよすつくと咲き出でて庭の怠惰
を厳しく叱る

実りしは三つほどにてまだ青し来るは拒まず
去《い》ぬるは追はず

鳥獣なみ

知識にも教養にもならぬ知恵あまたテレビに
知りてすぐに忘るる

人の死に馴れゆくこころ一撃す壮《わか》き偉丈夫建
比古の死は

朝日歌壇のホームレス歌人公田氏は歴史的か
なづかひにて詠む

ことごとくわが齢《とし》なりの体力で見て若者の挙
措に疲るる

ただたどしき日本語をもて譲られし席にしばらく沙漠を想ふ

鳥インフル豚インフルに怯えゐる鳥獣なみのホモサピエンス

痒くないところにまでも手のとどくアナウンスあり駅のホームに

蓬髪に破《や》れジーパンの横行にわが美意識のゆきどころなし

あああとさきや

勤労を謝して人らの休むけふ隣家に庭木剪定の音

温暖化すなはち暖冬とはならず然う都合よく
ことは運ばぬ

さまづけで患者らを呼ぶこの病院慇懃といふ
無礼を知らぬ

憂きことの多き地上を忌む人ら中空高く家庭
いとなむ

除外例の人と思ひてゐたりしが森繁久彌死に
たりにけり

咲くはずの山茶花咲かず死ぬはずのなき人が
死ぬこの霜月は

思ひ出のあああとさきや浜菊の咲くとて又は
馬酔木咲くとて

平成の二十二年の二月二十二日荷が重くして
われは風邪ひく

われこそは

同格と言はんばかりに胸張りて鳩は寄りくる
人間さまに

街道を車ゆくたび廃業の店のシャッター泣き
喚くなり

鶴亀と言へるめでたき姓を持つ人さへも死は
避けてゆかざり

われこそは危惧をされざる絶滅種パソコン持
たずケータイ持たず

一つ増すだけの齢が倍加して身に迫りくる暮る炎暑に

カステラは名には似合はず案外と旅の袋に持ち重りして

否が応でも

喉もとを過ぎたからとて忘れ兼ぬ二〇一〇年の夏の猛暑を

敷石は歩幅に合はず昨日《きぞ》よりの齟齬はいよいよ幅ひろげゆく

助詞ここに要るか要らぬか昼ふかしスカイツリーは成長止まず

役終へし花いただけり退屈を久しく託つ瓶を
満たさん

移植せし黐《もち》は日をかけ枯れゆきぬぴんぴんこ
ろりは容易ならざる

新《しん》燃《もえ》岳《だけ》などといふ名に呼ばれては否が応でも
燃えねばならぬ

振袖

母の振袖母の通りに着て迎ふけふ成人となりしいとし子

・

成人となりたる子らの一《いち》様《やう》のなかに紛るるわがいとし子も

笑まひつつ民のわれらに天皇は丁寧にして敬語用ゐず

耳遠きことも自ら宣へり平成の世のすめらみことは

追ひ越されゆかんしばしの並走にわれの電車は速度失ふ

朝夕に服まねばならぬ錠剤は鉄なり鈍くレールが光る

追ひ越してゆきたる若き脚たちと遮断機前にふり出しとなる

3・11直後

とび出たる庭に夢中の身を預け揺れに揺れたり震度5強に

軒先の釣灯籠が吹き飛ばんばかりなりしをのみ記憶せり

二、三のもの転げ落ちしが言ひたてる被害もあらず地震《なゐ》をさまりぬ

マグニチュード９・０に絶句して今日のテレビにＣＭはなし

突として緊急地震速報に変る恐怖をテレビは孕む

原子炉の捗り悪き事故を説く政府高官の無駄な福耳

それなりに詠まるる常のいささごと3・11後のこころ揺すらず

傍観者

どのやうに詠みてはみても結局は傍観者的歎きにすぎぬ

にちにちの放射線量きかさるる不運な国となりてしまへり

二〇一一年三月十一日その午後よりのわが死生観

「死亡か」が「殺害」となる大見出しまなこ
さびしきビンラディン亡し

エレベーターだつて無料《ただ》では乗せるまい四十
階の紅茶の値段

大型の台風にニュース奪はれて原発の沙汰
二、三日なし

誕生日けふ一日はわれにわが祝となして怠惰を責めず

この夏の怠惰戒めわが脳にいささか重き一冊を選る

絶対とする

この夜ごろ厨べに鳴くこほろぎよおまへもわれもひとりの夜長

ああ二〇一一年は間なく逝く半永久の害を残して

元旦にすでにありたり震度4今年の不穏いたく予感す

おぞましきものを孕みて文明の極まりし世の雨が降るなり

この華奢な鶺鴒にさへ怖ぢられぬ人類となる文明の果て

深夜ラジオ折しも荷風を語りをり耳を醒まし
て終りまで聴く

五十歳越えしばかりを老人と呼びて『断腸亭
日乗』の筆

老醜をさへや笑ましき芸とせし人ありたりき
テレビの中に

戸を鎖して鍵を下ろして夜々をわれこの草屋
を絶対とする
悪たれはそも含羞の裏がへしなどとぞ言ひて
追善とせる

距離をたたみて

子には血のわれには義理のえにしなる人の葬りにけふは連れだつ

血の多き性《さが》をしづめて葬らんと稀々にして春の大雪

冬晴れは距離をたたみてわが窓にスカイツ
リーをすつきりと見す

ビル覆ふグレーのシートゆらぐとき不穏の煙
たつごとく見ゆ

作家なるイメージ変へてこのごろの芥川賞の
センセイはある

マスクするは風邪か花粉かセシウムかはた手
軽なる自己韜晦か

残暑

容赦なく締切り迫り人間を止めてもをれぬ猛
暑のけふも

エアコンをつけてお水をよく飲んで怠けてゐ
よとすすめ下さる

街をゆく淑女に許すラッパ飲み炎暑のつづく
瑞穂の国は

モーレッと明日の暑さを予報士は匙投げるが
の面持ちに言ふ

廃墟を載せて

「軍艦島」なるニックネームを持つ島のなに
見んとして余命のひと日

人跡の未踏なるよりなほさびし廃墟を載せて
孤島は浮かぶ

この島をふるさととしていづこかに生きる人
らを思ひみるべし

この島を語るにしては憚らる栄枯盛衰の華や
げる語は

照ればとて降ればとてまた吹けばとて黙して
をらむ軍艦島は

この秋は

長崎と長野に少し日をずれて咲く彼岸花この
秋は見つ

筆不精見すかされゐて返信は無用の好意いつ
もいただく

白髪を一糸乱さぬ老婦人一家言持つ風情に坐せり

若かりし日の束の間を過ちて死囚の一生《ひとよ》おくる人はも

『棺一基』なる一集をひそやかに編みて死囚の生終へんとす

数値にて有無を言はさぬ評価持ち男は退《ひ》けり
不惑を前に

片言の日をまだわれに残しゐる子がいつぱし
の卒論を書く

物も事も多き世なるよ文に貼る切手にまでも
気を遣はせて

冬蘭く

評判の映画「東京家族」観つ　親たることを
疾《と》く忘るべし

欠けた歯のあとをまさぐる舌先の無意識をい
ま最も意識す

宇都宮線の四人座席に膝近し西村賢太に似たる男と

醒めをれど起きるに早き朝床に一揆の迫るごとき颪きく

この窓にスカイツリーはそつけなく上半身を見せて冬闌く

馬鹿者にばつさり伐られたはずなのに恬淡として桜よく咲く

わが視野の空を埋めて均一化されし家庭の灯が点りゆく

竹箒

実生にて長《た》けし椿に花多しこの地この家《や》に生《よ》は終はるべし

遠からずとわれの死を踏むらしき子は墓地の整備に吝かならず

五ヶ月を咲きつぎきたるシクラメン命持つもの の衰へが見ゆ

朱ペンにて誤字釣りにゆく新宿へ流行おくれ のコートまとひて

訃の欄に並ぶ三たりは八十代　八十代は死の 適齢期

柿の木に立てかけられし竹箒ひとの気配を濃く残しをり

外面《そとづら》に

完成と見えし舗装をまた毀すわれの日頃の推敲に似る

怠慢にも報酬ありて刈りとらぬ芝生にあまた
もぢずりの咲く

創造の神が定めし耳の位置メガネの都合とく
と見越して

祖父の墓旅のついでに訪ひきしと夜の受話器
にいとほしきこゑ

同居案子より出されてこれやこの身は俄にも
老いの深まる

あの人らあの世の人になりすまし神格化して
わが内に住む

彼も彼女もそしてわたしも外面《そとづら》に月一度なる
会に寄り合ふ

潔き退き際などといふ美学とうに忘れてこの
夏も闌く

あとがき

「香蘭」入会時から平成四年までの作品を、烏滸がましくも二冊の歌集にしておりますが、その後の二十余年間のものは捨てる心算で居りました。未練を持つほどの気力も体力もすでにありませんでした。ところが此の度の私の心境の変化には、会友高橋登喜さんの大きな好意がありました。登喜さんは私に黙って、私の二十年間の約二千首の作品をパソコン印刷して下さっていたのでした。手書きの私には気の遠くなる作業です。突然送られてきたときはその重量に驚き、何を思うでもなく、考えるでもなく日を過ごしておりました。だんだん落ち着いて思いましたのは、登喜さんの好意に報いるには、曲りなりにも歌集にまとめる他にないかということでした。

ぼつぼつと約二千首を約五百首に絞る作業にとりかかりましたが、相談相手の居ない独断の選歌で、厳選にはまことに程遠く、駄作の中の、さらなる駄作ばかりを拾ってしまったような、自信の無さです。

当時は大きなニュースだった事件も、歳月の長さばかりではなく、あの

3・11の余りに巨きな天災によって印象が薄れてしまった感があります。
糅てて加えて私の表現力の貧しさが加わり、記憶を呼び戻すのに狼狽える作品もありました。そしてまた肉親をはじめ人の死に多く出会いました。従って己の余命に向き合わざるを得ない年月でした。

構成は平凡な年代順にして二つに区切り、前半を「そのⅠ」後半を「そのⅡ」といたしました。私家版に近い集ですので、甘いことを承知で家族詠をかなり残しました。

「順調」というプラスイメージの熟語も、「老化」というマイナスイメージの熟語と合体させれば、傲慢には聞こえぬだろうと一人決めの上、年齢にはもはや居直りの外なく、致し方なき集名といたしました。

入会以来四十五年間、「香蘭」だけが勉強の場でありました。故人となられた多くの先輩、殊に星野丑三前代表、千々和久幸現代表、門倉弘泰先輩選者には御指導御鞭撻を、仕事仲間の編集部員の皆様には、いつに変らぬ御親交を頂いてまいりました。また会員の皆様には御好意を沢山頂き今日を得ております。

出版に際しましては、短歌研究社の堀山和子編集長と菊池洋美様のお世話になりました。

皆々様ありがとうございました。

平成二十六年七月二十日

西澤 みつぎ

著者略歴

和歌山県生
昭和44年　香蘭短歌会入会
昭和50年　第一同人
昭和56年　第一歌集『海に向く』刊行
平成元年　選者となり、現在に至る
平成14年　第二歌集『うつろふ』刊行

省　検
略　印

香蘭叢書第二四二篇

平成二十六年八月二十日　印刷発行

歌集　老《らう》化《くわ》順《じゆん》調《てう》

定価　本体二五〇〇円（税別）

著者　西《にし》澤《ざは》みつぎ
郵便番号三三九—〇〇六七
埼玉県さいたま市岩槻区西町三—七—一一

発行者　堀山和子

発行所　短歌研究社
郵便番号一一二—〇〇一三
東京都文京区音羽一—一七—一四　音羽YKビル
電話〇三（三九四四）四八二二番
振替〇〇一九〇—九—二四三七五番

印刷者　東京研文社
製本者　牧製本

落丁本・乱丁本はお取替えいたします。本書のコピー、スキャン、デジタル化等の無断複製は著作権法上での例外を除き禁じられています。本書を代行業者等の第三者に依頼してスキャンやデジタル化することはたとえ個人や家庭内の利用でも著作権法違反です。

ISBN 978-4-86272-409-0　C0092　¥2500E

© Mitsugi Nishizawa 2014, Printed in Japan

短歌研究社　出版目録

＊価格は本体価格（税別）です。

歌集	うつろふ	西澤みつぎ著	四六判	二〇六頁	二五〇〇円	〒二〇〇円
歌集	裁ち鋏	小貫紀代子著	四六判	二二四頁	二五〇〇円	〒二〇〇円
歌集	短歌放埒	中村美幸著	四六判	二二四頁	二五〇〇円	〒二〇〇円
歌集	梯子の上の夕焼	室岡仙太郎著	四六判	二〇〇頁	二五〇〇円	〒二〇〇円
歌集	神木	大井田啓子著	四六判	二〇〇頁	二三八一円	〒二〇〇円
歌集	冬をとなりに	桜井京子著	四六判	二二四頁	二三八一円	〒二〇〇円
歌集	望楼	松井芳子著	四六判	二一六頁	二三八一円	〒二〇〇円
歌集	風すべらせて	城富貴美著	四六判	二二四頁	二三八一円	〒二〇〇円
歌集	春の音階	牧野道子著	四六判	二二四頁	二三八一円	〒二〇〇円
歌集	半円の空	高畠憲子著	四六判	一九六頁	二三八一円	〒二〇〇円
歌集	祷りに代えて	高橋登喜著	四六判	二四〇頁	二三八一円	〒二〇〇円
文庫本	大西民子歌集（増補『風の曼陀羅』）	大西民子著		二一六頁	一八〇〇円	〒一〇〇円
文庫本	馬場あき子歌集	馬場あき子著		一七六頁	一二〇〇円	〒一〇〇円
文庫本	島田修二歌集（増補『行路』）	島田修二著		二四八頁	一七一四円	〒一〇〇円
文庫本	塚本邦雄歌集	塚本邦雄著		二〇八頁	一七四八円	〒一〇〇円
文庫本	上田三四二全歌集	上田三四二著		三八四頁	二七一八円	〒一〇〇円
文庫本	春日井建歌集	春日井建著		一八四頁	一九〇五円	〒一〇〇円
文庫本	佐佐木幸綱歌集	佐佐木幸綱著		二〇八頁	一九〇五円	〒一〇〇円
文庫本	高野公彦歌集	高野公彦著		一九二頁	一九〇五円	〒一〇〇円
文庫本	続馬場あき子歌集	馬場あき子著		一九二頁	一九〇五円	〒一〇〇円
文庫本	前登志夫歌集	前登志夫著		二〇八頁	一九〇五円	〒一〇〇円